花實叢書第一四九篇

歌集

風鐸の音

稲村恒次

現代短歌社

目次

風鐸の音　平成十六年

家建つる音　平成十九年

丘の風車　平成二十年

風鐸の音

風鐸の音

平成十六年

新しき年

昼も夜も荒れたる風のけさはなく寒さいひつつ標札なほす

霜柱踏みて小庭《さには》を伝ひ来し配達員玄関に笑顔かたぶく

日溜りの土押し分けて福寿草の玉芽のぞけり親指ほどに

あたたかき日差し何よりの恵みにて新しき年の二日三日《みか》過ぐ

集ひたる子らの明るきこゑあふれ年の始めのわが家たのし

白々とかがやく野菜囲みつつ弾みて透る初競りのこゑ

いくつかの機器の奏づる電子音いつよりかわが耳に届かず

もの軋む音

左右より音いとはしく迫りくるＭＲＩに身を括られて

単調なる音にまどろみゐたりしがＭＲＩは何を暴ける

鳰《にほ》どりの潜《かづ》かむ見むと待てる間に体《たい》揺らぎくる寄る細波《さざなみ》に

細波に揺られつつ浮く鳰どりのあぐる嘴《はし》白く日に耀ける

飛び立ちて棹になりゆく雁がねの夕空に紛るるまでを見てゐつ

めぐらせる矢板の向かうに進む工事何ならむ重くもの軋む音

機械のみ動きて工事進むらし働く人の影は見えざる

重機など取り払はれて目にしるく水門立てり農水護ると

初雪

紅のつばき滲ませわが庭にやよひ朔日初雪ふれり

心ゆるび締めよとごとく淡雪の降りたるのちの日々の厳しき

二歩三歩すさりたるのみ嘴細のまなこ円らにわれを見送る

舞ひおりし嘴細がらす路のべに近々とゐていとも動ぜず

いま少し歓びくるれば張り合ひもあるべからむと旅を約せる

出で入りの車病室に見下ろしてゐたり慰めいふも憚られ　弟の入院

風鐸の音　薬師寺・東大寺など　平成十六年三月三十日〜三十一日

雨らしき雨との予報におそれつつ旅に出でたり約果さむと

薬師寺の如来和《にこ》しき花会式明るき雨の音なくぞ降る

わが痛み疾くこそ癒やし給はめと人まを縫ひて密かに祈る

夜ごと来る猪《しし》の荒らせる跡といふ飛火野の芝に土盛りあがる

朝の風け寒きまでに吹きおこす南大門の石畳みち

大寺の背向《そがひ》の山よりくる風の風鐸鳴らす寂びたる音に

おのづから心極まり佇みぬ風のまにまに鳴る風鐸に

女の孫ら鹿と遊びてゐたりけり風鐸の鳴る傍への芝に

春を呼ぶ雨にならむか枝々に降るとしもなくしづく光らす

藤の花

あたたかき風に靡ける藤の花かたへほのけき香をただよはす

花めぐる蜂の羽振《はぶ》きの低き唸り朝ほどはせず日ざし闌けたり

やはらかき香に蜂ら呼び靡くらむかの城跡の苑の藤波　高島城

藤波の水面に映りさ揺らげる影に添ふごと緋鯉寄りゐき

一抱へもあらむ古木に咲き満てる藤白かりき筑紫の寺に

武蔵寺

植ゑ替へし梅に今年の葉が繁り音なき雨のしづくを結ぶ

ふる里

条なせる稲田さやかに展けたり山間の径やうやく抜けて

ふる里に至る道筋車窓よりはつか見て過ぐ旅人われは

先生もかつて通はれし西線にけふ客となる束の間なれど

移ろふは世の習ひかも沿線の丘の上まで甍つづける

丘の上に並ぶ高層の社員寮昼の日ざしに白々と曝《さ》る

ふる里の家居のあたり青々と稲田つづけり長く馴染みし

背を丸め乗りてきたるは小学校の同期生らしわれに気づかず

稲田均し甥の築《つ》きたる温室のガラス西日をまぶしく返す

海へだて富士の見えたる故里の丘辺くもれり梅雨の湿りに

雨　蛙

高きこゑに鳴く雨蛙長くつづく日照りに雨の匂ひ利《き》きけむ

窓近く雨蛙鳴くやにはかにも軒に音して雨になりたる

夜の庭に狂ひたるらし獣らの残せる冬毛雨に打たるる

雨のあとの空澄みわたり南東《たつみ》より放射の形に巻雲なびく

葉の艶を朝々は見る取り木せる白侘助を鉢に植ゑつけ

豪雨禍のニュース鳥肌だちて見つ彼の地に住める人を知れれば

新潟豪雨

姪の家いかにあらむか濁流の映像見つつ電話は途絶ゆ

梅雨明けを告ぐるニュースにつづきたる画面に冷蔵庫も濁流に浮く

*

手放すと決めし車を緑蔭に据ゑて磨きぬ心ゆくまで

身に代はり傷つけること幾たびかありし車ぞ労り磨く

急用のありて出づるに昼の日ざし舗道に白く澄みつつ暑し

真秀ならぬ影

平成十六年七月二十五日　兄安造急逝す　享年七十八歳

さ夜しぐれ軒濡らすらしかそかなる音して季節《とき》は移ろはむとす

バランスを保つ感覚衰ふや跨がむとせし閾《しきゐ》に泳ぐ

途切れ途切れの電話のこゑに紛れなく兄の容態の急変告ぐる

予期せざることにてあればひともわれも重なる禍事《まがごと》諾ひがたし

西瓜抱き今し納屋より現れむ上がり框にわが待ちをれば

西に走る雲のあはひに見え隠り十日の月の真秀《まほ》ならぬ影

喪の家を辞して帰りし玄関にあをき蟷螂花枝《くわし》を離れず

百箇日至らむとしてほの暗き部屋の奥処《おくか》に笑ますまぼろし

秋野の陽

川風に靡ける葦の蔭にして鴨か鳴くなるそぞろ歩くに

川原の葦にまじれる一むらの野菊は秋日に鮮やぎ咲けり

風邪気味と思ふ懈《たゆ》さにゆくりなく出でし秋野の陽《ひ》にたぢろぎぬ

隈もなく日に耀ける薄原うつつなく来し目に眩ゆかり

山裾の新築の家の骨組みに注ぐ秋日のいたく明るし

綿雲の浮く青空の深き色逆光に暗む丘を見し目に

吊るし雲レンズ雲など浮かしつつ秋の夕空ひかりをさむる

秋の蚊

まな先を過《よぎ》る秋の蚊うるさしと目を上げ叩く掌《て》の音高し

使はざるテレホンカード幾枚も財布に持てり何となけれど

おのづから群立ち咲ける杜鵑草宿せる露のむらさきに透く

荒草のなかに一叢の杜鵑草しき降る雨に花つつましき

衰ふるきざし見えつつサルビアは秋の雨ふる苑を彩る

部屋一つ抜きて匂へる夜香木《やかうぼく》更《ふ》けゆくままにいよいよ著し

冬の雨

南さし流るる雲の絶え間なく照り翳る日を疎みて仰ぐ

いづへよりもの焚く匂ひただよへる日暮れとなりぬ古里に似て

機械にてもの打つらしき連続音遠くしてをり寒き雨降る

山茶花のくれなゐ濡らす冬の雨しめやかなれど雫をこぼす

梅檀の実を啄める鵯らひたすらにして木末《こぬれ》を揺らす

梢《うれ》に張る蜘蛛の網《い》白く浮き立たせけさ深々と霧の流るる

喚声をあげて遊びし子供らのこのころ見えず続く休みも

濃き色にもみづる今年のさくら葉のやをら散りくるかそけき風に

鹿島大儀寺

仏頂和尚の寺　平成十六年十月一日

秋風にさやぐ竹林に目をやりて芭蕉のゆかり住持は語る

竹林に百基余りの句碑並び俳句寺とぞこの鄙のてら

木の間より光る湖見放けつつ山寺に昼の日差したのしむ

ひこばえの未だ青める冬田原限りて淡く森か霞める

降りつづく雨にぬかるむ庭伝ひ子は駆けて来ぬ傘も持たざる

槙尾の山

平成十六年十一月二十八日～三十日　高山寺・西明寺・神護寺など

起きしなに顳顬《せふじゅ》に痛み走れるを身の衰ふる兆しと懼《おそ》る

木洩れ日に折々明るむ杉の古道森閑として風わたるのみ　高山寺

大杉の根もとを落つる真清水の音のかそけきみ寺に上る

承け継ぎてここより広むといふ茶苑深山木《みやまぎ》を洩るる日に緑なす

日に透けるもみぢいよいよ冴えまさる清滝川の瀬音を添へて　西明寺

滝の音の足下よりする槙尾《まきのを》の山くれなゐに鎮もり深し

石段《いしきざ》の長き坂道追ひ抜きて遠ざかる背をまぶしみ登る

神護寺

山深きみ寺拝すと蓄ふる力ともしき身を鞭打てる

いたく大き和風の山門くぐりたる広き境内落暉に燃ゆる

押されつつ眺めもあへず苔に映え散り敷くもみぢの傍らを過ぐ

東福寺

静かなるときを選びて見まほしき苔に散りたるもみぢの風雅

山茶花白し

朝《あした》より晴れの一日を願ひしが昼過ぎて雲間洩るる日の差す

くれなゐに大きく咲ける山茶花の漲るちから曇りを支ふ

負ひきたる重きを一つ果たしたるのちの清しさ山茶花白し

幾枚か残る枯れ葉の間にも蠟梅笑めり香を利《き》けとごと

禍事《まがごと》も限りとなして新しき年を迎へむ内外《うちと》浄むる

年々に期待も淡くなり来つれ新しき暦かけて目を上ぐ

シルバーカーに憩ひゐたるが曳く犬に話しかけ嫗《おうな》やをら立ちゆく

衣着せし小犬にシルバーカー曳かせ嫗は雨に濡れて押しゆく

信濃路

平成十七年

外灯の影

憩はむと部屋を覗けばかの秋の写真整理に妻余念なし

雪混じりの雨上がりたる雲間より薄日洩れ来ぬはつかに温く

ためらひつつ春蘭に水を与へしが俄に寒し日差し隠ろひ

テーブルを明るめ小鉢のシクラメン旧臘よりなほ衰ふるなく

雨脚は定かならねど水に映る外灯の影はつかに揺るる

真夜の雨烈しき音に降りたるがけさは春めく日差し明るく

午のテレビ

振り向けば消したき思ひ湧き来たり砂をゐぐりし跡の乱れに

亡きひとに消たる面輪におどろきて午《ひる》のテレビをしばし見てゐつ

ゆくりなく見たるテレビに亡きひとのまみの翳りにいたく消しひと

取り寄せし花の苗など植ゑ付けてけふのひと日の労働を終ふ

積もるまで大地はいまだ冷えぬらし乱れ降る雪音なく消ゆる

雪催ふ寒気やうやく去《い》なむかも雲間を洩るる日ざしの温し

羽音たて頭上を低く行く鴉隣家《となり》の屋根を越えて隠るる

故里の家

柵も石も杉の花粉にまみれたり山を揺るがす春の疾風《はやち》に

頼みたるひと在せねば故里も淋しくなりぬ風の音して

子供らのこゑも聞かれずなりて久し故里の家ただ広らなり

常ならば在せし席と座布団に手を置き残りしひとは笑まへる

木蓮の白きがこぞり空を指す開かむとするちからを秘めて

白木蓮《はくれん》の開くを見むと仰ぐ空荒るる兆しか雲脚速し

花の影

花の影揺るる汀に軽鴨の寄りてひそけし頸を埋めて

仄かなる薫りを運びくる風に吹かれて花の翳に休らふ

おのづから散《はらら》く花の渦をなしわが前過ぐるあたりにて止《や》む

大き地震

平成十七年二月十六日　茨城南部を震源とする

思はずも食器戸棚を支へゐき震度五弱とふ揺れの烈しく

足もとを掬はれバランス失ひき烈しき地震《なゐ》に軋む古家

余所ごとの思ひ拉《ひし》げる大き地震ものの倒るる音たちまじる

逸早くドア開けに立つ妻のこゑ玄関にせり咳き込むごとく

束の間の揺れにあらむに動顚し鎮まるまでの寸秒長し

神棚に神璽も倒れいませると妻は畏む大地震《おほなゐ》のあと

信濃路

平成十七年四月十九日〜二十二日

雪被《かづ》く凝《こご》しき山の見え隠る信濃路い行く旅にあくがれ

雪消水川に溢るる音おぞし山のホテルに谺を返し

テレビにて観戦したるジャンプ台の青際立てり雪の斜面に

黒門は貫《ぬき》に垂木に代々の家紋掲げて扉いつかし　　松本城

またの名を烏の城とぞあくがれて近々仰ぐ黒き天守を

ほの暗き木連格子《きつれがうし》の武者だまり具足の音にまがふさざめき

さかしまに天守の映る濠に浮く鴨の二つが水緒《みを》引きはじむ

ひたすらに水搔く鴨の紅《あか》き脚折々にして足輪の光る

温もりを伝へめぐりの雪融かす細き木は細きままに穿ちて

風花の舞ふ峠路に束の間を凝しき山肌見する戸隠《とがくし》山

安曇野

山の音か足下を奔《はし》る水音か宿のひと夜を絶えざるひびき　短歌新聞七月号

小《ちさ》き飛泉落ちくる水のさやぎつつ底ひの石の影を揺らせる

ふくらみて雪消水逝く安曇野の芽吹きにほへり身に染むるまで

高山の雪より下ろす著き風こころ締めよとごとく身を刺す

幾ほどもあらぬ歩みの道隈《みちくま》に女《め》と男《を》の神の睦める笑まし

今年の梅雨

ひばの木の幹黒々と濡らしつついたく静けく梅雨に入るらし

梅雨空の二日保たず真上より降る光線の容赦なき照り

旱魃と豪雨のニュース交々の今年の梅雨の定めもあらず

烟るごと降りたる梅雨の雨やいづこ豪雨被害のニュースまた聞く

道のべに植栽さるる紫陽花の彩《いろ》をぬらして五月雨のふる

糠雨にぬれて色めくあぢさゐの花毬逝きたるひとは好みき

颯々《さつさつ》と吹きくる風に南天の花びら零る地に縞をなし

虫喰ひの葉も従へて梔子の大き蕾の雨にほぐるる

糸とんぼ

朝風になびく草の葉よく見れば薄きみどりの糸とんぼ載す

草の葉の先に止まりて風と揺るる蜻蛉の胴の黄金に透ける

昨日見し糸とんぼならむけさもゐて庭の下草に触れつつわたる

限りあるいのち生くると嫩《わか》き葉に寄る糸とんぼの翅のきらめき

水辺離れいつまであらむ糸とんぼこの小さなるいのちをつなぎ

何処《いづく》よりわたりか来けむ小さき生命止まらむとしてすいと逸れゆく

細き胴直ぐに伸ばして草に憩ふ小さきものよあすもまた来よ

揺られつつ止まりてゐたる糸とんぼ影うすく引き草より離《か》るる

草地離れ行方まぎれし小《ちさ》きもの若く逝きたる影をし留む

庭草をわたりてゐたる小き蜻蛉はげしき驟雨のあとに影見ず

傍観者なり

台風のあとを復すと立つ庭にかなかな来鳴くこゑ天に向け

一瞬に軒まで水に漬かりしと被災者をののくこゑを震はせ

われはなほ傍観者なり被災せる映像にいたくこころ震へど

刈り込みし満天星《どうだんつつじ》 窓の外《と》に円き枝《え》さし延べ 秋日を揺らす

わが庭に生れし一つか法師蟬みじかき生を梢《うれ》高く鳴く

医者通ひがわが日常と旧き友電話の向かうにからからから笑ふ

西村行雄氏

けふの一日何せむとして過ぎたるか心足らはず寝につかむとす

植ゑ付けの遅れしアスター打ち続く残暑の照りに敢へなくなりぬ

心ぐく籠りをりしが唐突に鳴れる電話は彼のひびくこゑ

平間　巍氏

折をり

川床《ゆか》は川に張りたる桟敷とふ乗りつぎて来し歌会にて知る

風かげの小庭舞ひゐし秋あかね日の隠ろへる午よりは見ず

目高飼ふ隣家の庭に主婦ら寄り長く話せるこゑ聞こえくる

雑誌など乱れ積みたる室の隅けさは鼠か入りたる気配

重なれる落ち葉を貫きて水仙の芽立ちの清し露を抱ける

夏闌くるころより空を彩れる百日紅あまた乾反り葉散らす

寒き風ともなひ来たる雨上がり松の葉ごとに雫かがやく

葉隠れに鵯《ひよ》か囀るこゑのして閉ざせる雲のややに明るむ

雨音のつのると聞きつつ眠りしがけさは紅葉の土に張りつく

一夜にてかく悉く散りたるか樹下に隙《ひま》なくもみぢを重ぬ

悉く葉を散らしたる枝の先すでに小さく冬芽はぐくむ

仙人掌

香《かう》高く咲きて一夜を楽しみし仙人掌植ゑ替ふ時じと思へど

室に入るる用意と茂る仙人掌のよきを選みて新鉢《にひ》に替ふ

冷や冷やと朝露まとふ仙人掌を取り込まむとす数は減らして

ひと夜さを荒れたる風に木犀の木下彩る庭に際立ち

神戸・須磨・明石　平成十七年十一月二十四日〜二十六日

寒に耐ふる花とぞ四五株求め来つうらぶれゆかむ日々とどむべく

新しき石段あれどおのづから景になじめる復興のまち　神戸異人館街

楽人の像に寄り添ひ笑むひとにカメラを向くる引きも切らさず

小春日を背より浴みつつ北野坂の楓並木の路下り来つ

遠目にはうるはしき城低く狭き門あまた構へ防備いつかし

姫路城

一段ごと声に出だして登りゆくかつてもののふの踏みたる階段

人麻呂を祀る社へ至らむとけはしき坂にわが足なづむ

明石・柿本神社

いつよりか防火の神と崇めたる庶民の智慧を諾ひ拝す

ともしびの明石大門《おほと》は霧らひたり人丸山を登りつめしが

子午線を跨ぎ撮らむか指呼の間にありて霞める淡路を望み

明石入道ここに在しきと碑に刻み虚実こもごも伝ふるみ寺

善楽寺

清盛の供養と建てる五輪塔大き欅の樹下を鎮むる

震災のあとと指さす山門の甍は白く秋日を返す　須磨寺

震災を堪へたる古き大寺のかたへにしるしもみづる一樹

敦盛のかうべ祀れる小さき塔晩秋の日を白々反す

両側に磯馴《そなれ》の松の並木なす離宮道下る故事訪ねむと　離宮道

街の音に紛れ届かぬ波音を空耳に佇つ古寺の庭前

「汐汲」の姉妹住みたる跡と伝へ碑陰に行平の歌刻まるる

傍らに捕らはれの松と碑の建てる小さき駅に着きてけふ終ふ

桜の樹下

平成十八年

温かき鍋

生籬の葉間を移る目白一つ重きくもりに庭寂《せき》として

あらためて今年せむこと数へつつ齢重ぬる古りたる家に

松飾る門《かど》も少なくなりたると霜深き路地を過ぎて思へる

長き治療けふ終はりたり朝よりのしぐれ上がらむ雲とぎれ初む

折々にしづるる音の軒にして雪の一日の暮れなむとする

いかにあらむ豪雪の地に堪ふる人ここにも一日降りて暮れゆく

背筋少し寒しと思ひゐたりしがすでに身のうち冒されて咳く

うち揃ひ風邪に臥せれば温かき鍋など食《を》せと娘の持ちくれし

娘の持ちし熱きスープの喉に沁む二夜ばかりは虚ろに過ぎて

終のわが顔ばせかくや熱高き身を暗みゆくガラスは映す

水仙の花

花の丈短けれども水仙の寒に耐へたる力に立てる

群立てる水仙の花日に向きてどれも短し今年とりわき

瓶にさす水仙の花つつましく風の動きに香をただよはす

水仙の匂ふ日ざしとよろこべど隠ろへば寒し春はたゆたふ

くだつ夜の雨音すでにひそけきに闇の音すとかたはらのこゑ

転た寝の枕に見えて去《い》にし人面《おも》ありありと寄り来しが醒む

柴田画伯の絵

水郷の画伯描ける山水の膨らむ彩に去りやらず佇つ

こゑ上げて空に呼ばむか湖の岸の丘辺の新草のいろ

橡色《つるばみ》の檜木林を際立たせ五竜岳白き稜線を引く

鶯のこゑ

石段の高きを登り仰ぎたる空に芽吹きを誘ふ風おと

わが耳に未だ届かぬ鶯のこゑを言ひ出づかたはらのひと

この山のいづくよりする鶯のこゑ細々と風にのりくる

生籬の下枝《しづえ》くぐりて来たる猫振り向けるまま塑像となりぬ

俄にも雨は雷鳴ともなひて窓に響かふ醒めよとばかり

藤の花芽房にならむと伸びたるがけふは冷たき雨に滴す

日の出よりいよいよ風の募りきて開きはじめし白木蓮《はくれん》揺する

片寄りて風避《よ》くらしき鴨の群ゆくりなく高きこゑに啼き出づ

気ぜはしく季は移ろふうたの集春かたまけて編まむと思へど

小さき流れ

夕汐の入江に満ちてきたるらし小さき流れを波遡る

館山　大浜荘

次々に遡りくる小さき波低き段差に音あげ崩る

海に入る小さき流れを遡る波に底ひの芥たゆたふ

水底のあくた動かし遡る小さき波さへ海の香はこぶ

海の安全祈ると崖に築きたる朱塗りの堂宇へ雨中を登る　崖観音

内陣の暗きに坐《いま》す観世音眼下に展く海見そなはす

雨霧の入江を指して大きクレーン積みたる船のややに近づく

まな下の漁港を出で入る船影の一つだになく雨にけぶらふ

隙間より吹き入る風にゴムの葉先意志あるごとくガラスを叩く

神作光一氏の歌碑除幕式

平成十八年三月十八日　於市川市蓴菜池公園

木隠れに湧水を引く小さき流れ歌碑にひびきて絶えせぬ水音

池の面の返す水照りの揺れもせむ根府川石の色もまさりて

春は花の香に包まれむ手入れよき梅の林に鎮もれる歌碑

宇治逍遥

平成十八年四月十八日〜二十日

固まりて寄するかと見え橋脚を巻く水流の勢ひ猛し　宇治橋

豊かなる水の流れに引き込まるる思ひもよぎる橋上に立ち

碧《あを》き水盛り上がり逝く川の音身のうち深くとどろき止まず

奥山をわたる風かも山の音伝ひ静けさはひしひしと来る

宇治上神社

宇治上の社の杜に啼く鳥のこゑ清浄《しやうじやう》として身に透る

いまゐたる人ら去りゆきみ社は森閑として遠く山鳥のこゑ

宇治上の斎庭《ゆには》にかそけきものの音寂寞《じやくまく》の樞《とぼそ》といふはかくなむ

稚郎子《わかいらつこ》の陵墓この先に惹かるれど予定の外と止むを得ざりき

宇治十帖に因む古蹟と立てる碑を道の傍へに五つ六つ見つ

神山の麓の暗き路隈に晶子の歌碑立つ文字たをやかに

三室戸寺に向かはむとしてわが足や痛みに堪へず先をためらふ

遠くなりし耳にも届きうぐひすの長く引くこゑ心にぞ沁む

雷鳴は二つ続きてはたと止む湯槽《ゆぶね》にいたく音とどろかし

桜の樹下

ゆくりなく頭上ま近く老鶯のこゑせり桜樹《さくらぎ》の暗む繁みゆ

桜樹の繁みに見えぬうぐひすの二度《ふたたび》三度のこゑを愉しむ

葉隠れに低くこゑ引くうぐひすに聞き耳立つる桜の樹下に

頭上よりこゑするうぐひす驚かさむことを懼れて息殺し立つ

木下暗め繁る葉桜たまさかに尾長群れゐしがその後《のち》は見ず

形よき尾を引き飛べる尾長の群姿に似ざるこゑに呼び交ふ

黒き頭部《かしら》は鴉の属かしかすがに目を引く翼の青と尾の青

諸鳥の宿りとならむ桜樹の繁みは厚く日差しさへぎる

うぐひすの通ふ大樹の木下闇著けくあらむ雨に変はりて

木下暗め繁る大樹のけふ見れば清々として下枝《しづえ》払はる

鳥ともつかず

覆輪の葉先するどく新芽伸ぶすでに枯死すと思ひし蘭に

庭ざくらの低き葉裏に空蟬のありたりけさのこゑかも知れぬ

鉢植ゑの小さき梔子の葉を荒らし揚羽の幼虫みづみづと肥ゆ

台風は近づきたらし雨の音昨夜《きぞ》よりつづく時に烈しく

一面に広がりきたる雷雲の切れま洩るとも思へぬ日差し

夕空を鳥ともつかず飛びゆくは蝙蝠《かはほり》ならむまた一つ来る

夕片まけ出でくる小さき蝙蝠のジグザグの飛翔足止めて見つ

夕鳥の飛翔に異なる動き見せ頭上を次々翔《か》くる蝙蝠

枝振りは整へ難しとさし仰ぐ実生の槙の幹を撫でつつ

庭木など手入れ託ちてゐたりしが一《ひと》日《ひ》庭師の忽ち整ふ

音なく散らふ

血に太り紅く透けたる蚊が一つ風に吹かれて机上に転ぶ

屋根を越えめぐりの高き梢《うれ》も越え空《くう》を歩みき夢に幾たび

まどろみて椅子に傾く妻を揺すり冷たきものを飲まむと勧む

椿の葉に暑を避けてゐむ雨蛙まなこを瞑《つむ》り固まりてあり

川の辺の並木のさくら秋づくや秀つ枝黄葉《もみぢ》し音なく散らふ

雨を持つ風肌寒し垣に垂るる萩は大方花をこぼしぬ

手に受くる水温かし長雨の霽れたるけさの空高く澄み

山の奥つ城

塀のうちに酔芙蓉高く花かかげ行くさ帰るさ仰ぎて通る

電線に木末《こぬれ》におぞき風の音いよいよ募る雨を伴ひ

天気図に赤き矢印けふも付き一山揺する墓所にとよみて

早く逝きしひとの祥月吹き荒るる風押して来つ山の奥つ城

吹き上ぐる風に巻かれて新聞紙奥つ城を越え樹林も越ゆる

吹き折られ杉の枝葉の散る墓所を先づは清めむ素手に拾ひて

なほ止まぬ風に渦巻き寄る落ち葉洗ふ墓石に貼り付くもあり

深みゆく秋とわが知る思はざる方にも水仙の青き尖り芽

妙高高原

平成十八年十月二十五日

霧深き妙高高原フォグランプ点して橅の下径辿る

熊出没注意の標識右に見つ此処より藪の厚くなるらし

霧透かしもみづる梢はつか見つ後先《あとさき》はただしげき山霧

乳白の宇宙に浮ける心地して揺るるゴンドラに身を固く座す

山頂はいづへか見えず足許のきりん草はつかに霧をまとへる

湾を隔て水平線に霞めるはあるいは能登か未だ踏み見ず

彦根城

平成十八年十月二十七日

中堀の青きに二つ水緒を曳き寄りくる黒鳥の嘴《はし》のくれなゐ

埋木の舎とぞ小さき門のうち暗む木下に物の音せず

ひさかきに翅を休めてゐたる黄蝶風の動きに飛び立ちゆけり

曲水のほとりの低き松の根方つはぶき一叢立ちてかがやく

多羅葉のかかる大木未だ見ず古城の坂の古木のあはひ

履物入れわたす少女《をとめ》に城構へ誉むれば戦火に遇はぬ幸とふ

三層の天守といへど勾配の鋭《と》き階段に息のみて立つ

打込接《うちこみはぎ》の石垣に建つ三層の白亜の天守目蔭《まかげ》に仰ぐ

唐楓の影

草刈りを終へたるあとに椋鳥ら漁《あさ》りかゐたる足音に発つ

勢ひの止まると見ゆる春蘭の一つ植ゑ替ふ師より賜へる

わが上を暗く覆へる雲の群重なりあひて北へ流るる

霽れたるは東の間にして畳なはる雲の走りは北東へ向く

時の間に散り尽くしたる唐楓虚空に影引く朔風を截り

自死したる子供らのこゑ聞こえむかまた新聞を余すなく読む

階段に手すり設ふおのづから鈍くしなれる身を庇ふべく

銀座のからす

上弦の月の下びを伸びゆける飛行機雲は後方《しりへ》より消ゆ

綿雲のいつとはなけれ広がりて日差し薄むる日ぐせのくもり

街路樹を二つ越え来て近々と頭上にぞ啼く嘴太がらす

人通り恐るるとなく街路樹に首《かうべ》伸べ啼く銀座のからす
たまゆら寒し

蒸すひと日やうやく過ぎむころほひを空に響きてジェット機のゆく
短歌現代十一月号

いづくより来る蝙蝠か夕かげの乏しくなれるころより翔《か》くる

真夜の軒いたくひそかに打つ音す夏のをはりの雨かとぞ聞く

昨日まで暑し暑しと過ぎたるがけさ肌寒し庭わたる風

遠くなりし耳にまれまれ届きくる法師蟬いとも寂しきこゑす

庭草に朝露しげし野良猫か乾ける砂を掘りて用足す

夏衣《なつぎぬ》のかひなに風のさやりゆくたまゆら寒し曇りの厚く

家建つる音

平成十九年

家建つる音

あらたまの年を迎へむ用意など終へて少しの酒に緩べる

家建つる槌音明るく谺せり冬晴れの路の角出でてより

日面《ひおもて》の草生なだりに蒲公英の低く咲きたり寒やはらかし

日に向かひ翼休むる鴨の群つつみの段に頸をすくむる

沢ぎきやうのロゼット紅く地に平び小さき尖りの新芽抱ふる

庭さきにまとめ植ゑたる水仙の香りほのけし朝《あした》の風に

杉の花粉早くも飛散せるを聞くこの冬の暖《だん》何をもたらす

寒の戻り明日よりあらむと予報士は低気圧並ぶ天気図を指す

神頼み

姿勢まで老い屈むらしどことなく不調の思ひ去らぬ寒明け

力以上の成果は出でぬと思へども神頼みしてお守りを受く

更くるまで塾に学びて来し孫の「さくら咲いた」と電話にはづむ

犬つげの木下に古りたる春蘭の五つ六つ立ち俯きに咲く

深草に混じり伸びたる踊り子草羞《やさ》しむごとく彩り添ふる

あたたかき日差し受けつつポトスなど植ゑ替ふ明日より弥生と思ひ

右手の車見落としてゐき丁字路を出でし後ろにひたとつきくる

視野少し狭まりたるか迫りくる車に気づかず出でたる不覚

房州路

軽やかに車輪の音をひびかせて走る電車はふるさとに向く

山あひを過ぐる折々の窓に見え空を限れる群青の海

遠かすむ海面《うなも》をへだて淡々と島影はあり大島ならむ

砂防林の松に沿ふ道長く行く広々と砂丘のつづきし浜に

玄妙なる結句よとしばし佇めり佐太郎の碑の「入日を送る」

佐太郎の歌碑の後ろの藪ならむ鶯のこゑふたたびみたび

大海《おほうみ》の水平線に沿ふ雲の固まり流る照り翳りつつ

落花三首

いささかの風の強みにはらけるはなびら行く手に小《ちさ》き渦なす

水漬《みづ》きたるさくらの枝に憩ひゐし真鴨けふ見ず落花流るる

やすみなく川面に散らふ花びらの片流れせり風の立ちきて

伊勢路

平成十九年四月二十五日〜二十七日

目指しゆく辺りか雨は上がるらし遠山なみに霧立ちのぼる

私鉄駅のホームの白き太柱ひらがな一字に駅名しるす

斎宮の跡とふ森のかたはらに大伯《おほくの》皇女の歌の石文　斎宮跡

秋山を越え来て一期の別れせしあはれをとどむ石文の歌

弟皇子《おとみこ》をみすみす大和へ帰さんと暁露《あかときつゆ》にぬれけるか此処に

出土せし古代の道の草を藉《し》き悲劇の皇子を傍へに語る

湾のうちに航跡ゑがき出で行ける客船やがて島陰に消ゆ

鳥羽

島の際《ま》ゆ朝日子昇る平らかなる水面に朱き耀きを引き

あかあかと昇る朝日子岸に立つわれにも帯なす耀きとどく

水底の石にも朝の日の及ぶ川の流れに指より清む

伊勢神宮

幾世経たる古木か幹に耳をあて生けるいのちの音聞かむとす

宣長の旧居

白妙の一つ葉たごの耀けり古城の高き石垣に沿ひ

見あぐれば差す枝差す枝に小さなる花穂つきたり公孫樹の古木

宣長の旧居に至る石段に散り溜まりたり銀杏《ぎんなん》の花

間仕切を外し明るき畳の間人住まざれば埃かにほふ

黒光る階段昇る音残し二階にこもり物書きにけむ

木机を窓辺に据ゑて読み耽る大人《うし》の後姿《うしろで》まぼろしに見つ

鈴の音《ね》を好みたるとぞ外つ国の鈴も交々《こもごも》棚に寂びるる

梅雨に入るころにあらむか朝ぐもり木草のかげのいたくひそけし

耳の虫已《や》みたる須臾を身のめぐりわたるかそけき風を聞き止む

逝きし人

彼の岸のいづくさ迷ひゐるならむこの灯《あかし》もてしづしづいませ

過ぎ行くはいたも速かり玄関に躓き転ぶと笑ひにせしかど

けさ穫ると大き西瓜を抱へきて土産に賜びき健やかなりき

賜ひしはうつつに在《いま》さずアブチロン火焰かづらら夏庭に競《きほ》ふ

うち深く温もり秘めたる人なりき無量の光に包まれ在さむ

賜ひたる胡蝶らん窓にむらさきの匂へり疲れし脳《なづき》うるほふ

窓際に長く置きたる胡蝶らん花序を乱して日の方に向く

泉下の師

先生のみ前に香を奉り手触れし墓碑の日照りに熱し

泉下の師いかに坐さむ花を替へ香を手向けてみ前に報ず

うちつづく炎暑に耐へず終はれるか小庭に数ふるほどの花草

今うかぶことば一つを書き止むと用意せる間に雲散霧消す

いのち瑞々し

この夏も帰り巣造る鶺鴒か土に降り屋根に跳び頻り尾を振る

短歌新聞八月号

樹々のかげか黒く引きて天つ日の照り潔し梅雨の晴れ間は

夕まけて開き初めたる月見草ほの暗がりに白きを浮かす

細き雨上がらむ気配に列ねたる鶏頭の紅《こう》しるく目に立つ

絶え絶えのシンゴニウムの芽生えたり蘇りくるいのち瑞々し

友送る庭

中島　直君

前を行く高齢者マークの軽自動車いづくへ罷る速度上がらず

歳々に温室の花を賜ひたる友みまかりぬ思はざりけり

駐車せる車にも触れ黄の小蝶友送る庭をひらひらめぐる

各《おの》も各《おの》も無念の貌に立ちつくす友の明るきうつしゑに向き

秋の雨ひそけく庭を濡らしつつみ柩出づるころより霽るる

忌の日

われらのほかたづぬるなけむ妻の墓ふるさと遠く離れてひとり

折節の忌の日はせめて仏前に一日灯《あかし》を捧げつつしむ

山の上の奥つ城どころ登り来て積もる落ち葉を言《こと》かけて掃く

掛け合ひのごとく鳴き交ふ鴉のこゑ聞きつつ忌日の墓を清むる

玉砂利に散りたる団栗拾ひつつ身仕舞ひ清きひとと思へる

手に余りたり

軒ほどの庭木の枝葉透かむとし梯子に立ちぬ足は震へど

こはごはに高きに登り枝差しを矯めむとせしが手に余りたり

巡行の山車の鼓か冴ゆる音をりをり透る夕風にのり

書に当つる視野よぎりたるものの翳《かげ》何か気になる秋日長けつつ

根詰まりに衰へしるきさつき一つ植ゑ替へてみつ季《とき》にあらねど

碑のうた

神作光一氏の歌碑除幕　於箱根阿弥陀寺　平成十九年十月二十五日

山坂を登りつめたる目に著し調べ明るき碑《いしぶみ》のうた

背の山に沁み入る韻きに澄みゆけり琵琶に奏づる碑のうた

碑《ひ》をつつみ立ちのぼりゆく香烟はこゑに揺れつつ木の間に吸はる

長々と爪先上がりを辿りつつ軽しと負ひし荷さへうとまし

絶えまなく窓に立ちくる瀬の音を耳に疲れし身は横たふる

苔生せる石塔一基天を覆ふ古木の下にて宗祇と記す　早雲寺

旅の途次ここに終はれる師を慕ひ宝塔一基建てて偲ぶと

一面に青く苔生す園《その》を鎮め宗祇の句碑立てり文字深々と

草もみぢ

どんよりと閉ざせる雲のあはひより洩りくる日かげひとしき温し

日に透きて草の種子《たね》しげく庭に舞ふ午より風の向き変はるらし

あかときの雨に濡れたる草もみぢいたも鮮やぐ近づけばなほ

犬を曳く影さへ染めて草もみぢ雨後の野面の限りを埋む

庭にくる蜻蛉《あきづ》この頃少なしと物干し竿を拭く妻のこゑ

丘の風車

平成二十年

いささかの暖

庭に差す朝日の影の動けるを追ひつつ花鉢の位置を変へゆく

花鉢にいささかの暖をとどめたる冬日は影を引きつつ薄る

枝々にほころび初めたる侘助の花うなかぶす羞ぢらふさまに

逆立ちて侘助の花にゐし目白風の音にか身をひるがへす

夕汐のさしくる頃か利根川の流れ穏しく余映をとどむ

雪積もりたり

朝明けのけさは早しと思ひつつ窓開けに立つ雪積もりたり

思はざる庭を埋むる雪の景妻を呼びつつけさは弾める

枝の雪滴となりてきらめくを清《さや》けしと佇つ風冷たけれ

折々はしづるる小さき音のしてはつかに積もる雪の融くらし

ひよどりは音にも敏し玄関を出でむとするに鋭《と》きこゑに翔つ

ひよどりの羽音鋭くたちしあと椿の小枝しばらく騒ぐ

母の齢すでに超えたる娘らか生活《たづき》のにほひ背《せな》に滲める

薬缶の音

ストーブに懸けたる薬缶の音ならむモールス信号のリズムを奏づ

外《と》に置きし大きアロエも予期せざる一夜の寒気にほとほと枯るる

乾き田原ま直ぐ延びたる水路には溜まり水らし底ひにひかる

枯れたると片付け置きし黄梅の思ひがけざる五輪六輪

宋梅とふ蘭花一輪開きたり部屋にかぐはしき香を漂はせ

東洋蘭めでられし師の面影を浮かべ蘭花に頬寄せて利《き》く

葉を固く閉ぢ寒冷を凌ぎたる岩ひばほどく日ざし和らぎ

亡き人も病めるも多く続け来しクラス会閉づと知らす一葉

カクタス青む

賜はりし胡蝶蘭ことしの花をつく小さきながら彩に出でつつ

暴風雨やうやくま遠になりてきぬ昼は電車の見合はすありき

荒天のつづきしあとの日の光草も芽立ちも耀きに満つ

霜枯れのカクタス一節挿したるがはつかに青む蘇るらし

カクタスの一節やうやく青みきぬいのちあるものおろそかならず

枯れ枯れのカクタスになほ残りたる生きむ力ぞ涙ぐましも

後期高齢者医療被保険者証とて賜はりぬ増ゆる料金は天引きにすと

いちはつ

家揺する風は止みたれ日を込めて季《とき》にあらざる糠雨つづく

葉隠れに名残の花のなほあらむ折々まな先に白きが流る

子規の庭想ひしばらく見て佇てりいちはつの白き花咲きいでぬ

いちはつに溜まれる雫のあとならむ白き花弁に点々と透く

いちはつに来て止まりたる花虻の花被押し上ぐる黒き尻見せ

発芽せる安房千鳥日にけに伸びしるし野草といへどかくいたいけに

咲きしだるる藤波ゆらしわたる風いろに染みてむめぐり明るし

挿し芽せし菊はおほむね活着す強き日差しに萎えず立ちたる

朴判とふ変はれる花を持つつばき鉢植ゑせしが遅れて咲きぬ

山法師

曇りたる空を映して水銀《みづがね》の田の面条なし早苗根づける

楓の葉はつかに揺らす風はあれ梅雨の晴れ間の暑さ言ひ難し

テーブルに薄き影置きおのづから黄の薔薇一ひら散りてありたり

片鼻のつまるいく夜かつづきしが久しく引かぬ風邪と知りたり

傘をもてチューリップの花薙ぐ男防犯カメラはまざまざ捉ふ

再びはかへるなけむと清流に佇みゐたりとりとめもなく

新緑に盛り上がる山の一ところ風の道ならむ山法師揺る

花載する山法師の枝揺れに揺れ須臾にしてもとの静けさ返る

両側に土盛り上げたる蟻の路あはや踏まむとけさおどろきぬ

夜のうちに修復すらし蟻の路暮るるころより営みしげし

文月中浣

胡蝶蘭の一茎花を保ちつつなほ鮮らけし文月中浣

永らふる花のいのちをいとほしみ惟《おもひ》みてわが余生を計る

猛暑日となりたるけふや夕まけて雷雲立てり音もともなひ

術後なほ退院できずゐる義弟近く閉院を告げられたると

ひと日おきに介護に通ふ妻のまみ翳り出でしと気づきてゐたり

弟の身辺整理などせむと姉妹うち連れけさは出で行く

医師不足よそごとならずこの町の総合病院立ち行かずなる

父も兄もこの月に去《い》ぬ文月は永らへてはたわが生まれ月

さへづりも高きはほとほと聞こえぬに耳にまつはる蚊の声うとむ

旱天

引きつづく旱天《ひでり》に里は培ひし壌土も広き砂原と化す

踏み応へなき畑の土まつたけき砂にかへりてものの育たず

みんみんの遠きこゑさへ稀々に奥つ城の墓碑日照りに熱し

奥つ城を囲む樹林に蟬声のかしましかりき今年然《さ》ならず

わが庭を水漬けて雨音けふ頻る旱天に乾くかの畑も降れ

丘の風車

並び立つ丘の風車の一斉に大きくめぐるうつつに国に

遠かすむ丘に風車のめぐれるが近づけば驚くばかりに大き

丘に立つ風車十余基海よりの風のよろしも揃ひてめぐる

喬き木の葉おもてに紅く房なすは花ならむ横目に見て走行す

庭に風待つ

追はれ来し仕事ひと先づ片付きぬ庭に芝刈りなどし寛ぐ

伸び放題の枝剪り揃へ幾分か明るくなりし庭に風待つ

衰へし耳に届ける夕蟬の澄みたるこゑはわれを佇たしむ

桜樹の繁みに一つ蜩のこゑせり秋日没らむころほひ

いち早く黄落はじめし桜葉の吹かれて樹下のむら草に積む

九十九里浜

九十九里の浜に砕くる濤の音丘ゆ見放くる腹にとどろく

沖のへは霞み見分かず浜辺にはサーファーの影あまた点なす

岸を打つ濤のとどろき次々に重なり合ひて身を引きゆする

ひだり右立ち枯るる松目にしるし歌碑を尋ぬる海沿ひの道

荒るるともなけれ潮気を運ぶ風行き行けば車のフロント曇る

十三夜過ぎ

昼の雨上がり半月輝けり子供ら祭りに勢ひゐるべし

祭りの音わが陋屋に届かねど月の光に華やぎ添はむ

いま来しは牛乳屋ならむ朝露に濡れたる靴跡しまらく残る

杜鵑草をめぐる花蜂出つ入りつ羽風に揺らし蜜を求むる

秋の花ともしき庭をしじみ蝶黄蝶と連れて低くめぐれる

プランターの野菊の小《ちさ》きつぼみにも色さしそめぬ十三夜過ぎ

翅たたみやまとしじみか止まりたり咲きはじめたる小き野菊に

近隣に子供のこゑも聞かずなりひそけき庭の花草に依る

継ぎはぎをして着《ちゃく》せしが若きらは破れズボンもむしろファッション

鳶色の帽

鳶色の帽求め来つ幾たびかあらむ外出《そとで》の友となすべく

和服にて時には寛ぎみむかなど思ひてゐたり妻の不在に

重きもの持ちし記憶はなきものを掌《て》を開かむに激痛はしる

忠敬像と共にしぐれに濡れむなど笑まふを写す低く構へて

大原支部の歌友

久々に母の墓参に娘は来たり写真に知りけむ幼きも連れ

子らの目に具体なからむ祖母の墓碑手つき神妙に閼伽たてまつる

幾つもの現代アートといふを観つ感性鈍きをひそかに恥ぢて

色調の美しさいふこゑ聞こえしばし佇み疲れて出づる

敗戦の年に卒業せし仲間Ｂ６判の証書今も持ちたり

逝きし者多くなりたり卒業式知らざるわれは兵《いくさ》にありき

歌集評読みつつあればおのづから文字かすみきつわがことならね

あとがき

第一歌集『山鳩啼けり』を出してから凡そ七年が経ってしまった。ようやくここに第二歌集『風鐸の音』を上梓するに至った。ここには平成十六年から二十年までの主として所属誌「花實」に発表したものと、ごく少数ながら「短歌現代」や「短歌新聞」などに発表したものも含め、自選して五一七首を制作年順に収めた。第一歌集が平成二年までの作品であったから本歌集との間には十三年間が抜け落ちていることになるが、すべて私の怠慢によるものでその誇りは甘んじて受けるつもりである。何れ後日を期して纏めたいと思っている。

書名の『風鐸の音』は集中の

大寺の背向《そがひ》の山よりくる風の風鐸鳴らす寂びたる音に

おのづから心極まり佇みぬ風のまにまに鳴る風鐸に

に拠る。折から小学校と中学校に通う孫たちに新幹線や古寺の歴史的佇まいを体験させるべく学年末の休みを利用して計画した旅行であったが、その折、全く偶然に耳にしたこの寂びた深い音色に感銘を受け、今も耳に残っている。しかし、それも齢の重なるにつれて薄れ行くのが惜しまれて書名とした。

短歌は先師平野宣紀先生に師事し、不肖の弟子を自認しながらも今日に至った。平成十三年に先生を黄泉にお送り申してのちはご子息平野耿氏にいろいろご助言やらご好誼を戴いてきた。茲に改めて御礼を申し上げたい。

「歌は写実に基づき、誰にも容易に分かる平明な表現であること、その上に誰の心にも感動を与え得るものでありたい。加えて清新な抒情が盛られてあることが望ましい」との師の作歌信条を旨とし、少しでも近づきたいと念願しつつ、思えばほぼ六十年の長きに亙るものの、未だ道遠しの憾を抱かざるを得ない。余生は少ないが残年の努力目標にしたいと思っているところである。

学生時代からの畏友で所属する花實の名誉代表である神作光一氏には、早くから第二歌集の出版を勧められながら、ついつい時を空しくしてしまい、漸く上梓の運びになったが、この間公私とも大変ご多忙な時間を差し繰って懇切なご指導を戴いた賜物であり、心より感謝し御礼を申し上げる。

また折に触れて励ましや助言を賜った花實短歌会の高久茂代表、利根川発副代表・編集発行人、西川修子副代表、選者各位並びに都合で選者を退かれた佐藤英子氏のご厚情に厚く御礼を申し上げる。殊に西川氏には原稿の段階から編集、校正に至るまで緻密に目を通して戴いた。氏のご厚意がなくては到底上梓に至らなかったであろうと感謝に耐えない。

更に、本歌集上梓にあたって、現代短歌社の道具武志社長には万般に亙って便宜を図って戴いた。また、今泉洋子氏には一切合財をお任せして面倒を見て戴いた。併せて心より御礼申し上げる。

終わりに、同好の諸氏及びパソコン入力や原稿整理などに労を惜しまず協力してくれた荊妻にも謝意を表したい。

平成二十五年五月中浣

稲村恒次

著者略歴

昭和４年（1929）　千葉県に生まれる
昭和28年（1953）　東洋大学文学部国文学科卒業
在学中平野宣紀先生に師事し、花實短歌会に入会
同年、福島県立棚倉高校教諭となり、後千葉県立佐原第二高校等を経て、平成２年佐原女子高校を以て定年退職
昭和49年（1974）　第一回花實賞を受賞
平成18年（2006）　第一歌集『山鳩啼けり』を上梓
平成19年（2007）　同歌集により柴舟会賞を受賞
現在　花實短歌会顧問・選者
所属
花實短歌会・日本歌人クラブ・千葉県歌人クラブ・柴舟会

歌集 風鐸の音　　花實叢書第149篇

平成25年７月３日　発行

著者　稲村恒次
〒287-0001 千葉県香取市佐原ロ2097-279
電話 0478-54-0775
発行人　道具武志
印刷　㈱キャップス
発行所　現代短歌社
〒113-0033 東京都文京区本郷1-35-26
振替口座　00160-5-290969
電　話　03（5804）7100

定価2500円（本体2381円＋税）
ISBN978-4-906846-77-1 C0092 ￥2381E